Cuentos para niños que creen en marcianos

Cuentos para niños que creen en marcianos

Jordi Sierra i Fabra

Ilustraciones de Juan Felipe Sanmiguel

www.edicionesnorma.com

Bogotá, Buenos Aires, Ciudad de México,
Guatemala, Lima, San José, San Juan, Santiago de Chile

Sierra i Fabra, Jordi, 1947-
    Cuentos para niños que creen en marcianos / Jordi Sierra i
Fabra ; ilustraciones Juan Felipe Sanmiguel -- Bogotá : Educactiva
S. A. S, 2006.
    120 p. : il. ; 19 cm.-- (Torre de papel. Torre azul)
    ISBN 9789580491132
1.Cuentos de ciencia-ficción españoles 2. Cuentos infantiles
españoles 3. Planetas - Cuentos infantiles 4. Vida en otros planetas
- Cuentos infantiles 5. Galaxias - Cuentos infantiles I. Sanmiguel,
Juan Felipe, il. II.
Tít. III. Serie.
I863.08 cd 20 ed.
A1072935

        CEP-Banco de la República-Biblioteca Luis Ángel Arango

www.sierraifabra.com

Cuentos para niños que creen en marcianos
de Jordi Sierra i Fabra

Impreso por
Impreso en Colombia

Ilustraciones: Juan Felipe Sanmiguel
Edición: Cristina Puerta
Diagramación y armada: Blanca Villalba
Elaboración de cubierta: Patricia Martínez Linares

61075785
ISBN 10: 958-04-9113-5
ISBN 13: 978-958-04-9113-2

Contenido

Visitantes galácticos

1

Cuando Andrés entró en la salita de su casa, papá y mamá estaban leyendo. Ella, un libro; él, el periódico.

Se los quedó mirando un momento, en silencio.

Hasta que uno y otra dejaron de leer y le miraron.

—¿Qué pasa, Andrés? —preguntó mamá.

—¿Has roto algo? —preguntó papá, mucho más directo.

—No he roto nada —se sintió ofendido el niño.

Se produjo un breve silencio.

—Pero quieres decirnos una cosa, ¿verdad?

—Sí.

—¿Y qué es?

—¿Os recuerda algo el nombre de Trigulia?

Papá y mamá se miraron entre sí. Luego hicieron memoria.

—No —dijo él.

—No —dijo ella.

—¿Nada, nada?

Los dos movieron la cabeza horizontalmente.

—Vaya, creía que como leíais tanto lo sabíais todo —se quedó perplejo Andrés.

—Pues ya ves que no es así —lamentó papá.

—¿Qué es eso de Triligu... Triguilu...? —frunció el ceño mamá.

—Trigulia —aclaró él.

—Como se llame —fue al grano el cabeza de familia—. ¿Es un futbolista nigeriano?

—Es un planeta que está muy lejos —le aclaró Andrés—. Desde luego, papá...

—Hijo, con ese nombre...

—Está a unos cuantos años luz, en Alpha Centaury.

—¿Lo has aprendido en el colegio, cielo? —sonrió mamá.

—¿Años luz? ¿Alpha Centaury? —papá puso una cara la mar de rara—. Caramba, hijo. Me dejas boquiabierto.

Andrés suspiró, como si las muestras de desatino paternas le abrumaran.

—Me lo han dicho ellos —aclaró el niño.

—¿Ellos? —dijo papá.

—¿Quién? —dijo mamá.

—Los trigulios.

—¿Los... trigulios? —repitieron los dos, como loros.

—Ya veo que no tenéis ni idea —Andrés se dispuso a dar media vuelta para irse de la salita.

—Espera, espera —lo detuvo papá mientras hacía una señal con los ojos a mamá—. Es que nos has pillado... de improviso.

—Sí, hijo —mamá siguió el guiño de papá—. Es que todo eso de los tri... trili... bueno, como se llamen.

—Yo les he dicho que pueden quedarse —afirmó Andrés.

—Ah —papá se puso tieso—. ¿Están... aquí?

—Sí, en el desván.

—¿Los trigulios esos que vienen del espacio?

—Sí —repitió Andrés.

Papá empezó a sonreír.

—¿Y cómo te comunicas con ellos? —preguntó.

—Tienen una cosa llamada "traductor universal". Es una pasada. Pillan cualquier lengua del universo y aprenden en seguida.

—Vaya, vaya. Interesante —dijo papá.

—Así cualquiera aprende inglés rápido —dijo mamá.

—Bueno, me voy con ellos. Tienen hambre —dijo Andrés.

No se lo impidieron. Así que dio media vuelta y salió de la salita a buen paso.

Papá y mamá se quedaron de nuevo solos.

—Nos sale escritor, seguro. ¡Qué imaginación! —se ufanó ella.

—O guionista de la tele —asintió él—. ¡O de cine!

—Hoy en día con siete años lo que saben.

—Desde luego.

Intercambiaron una última sonrisa de felicidad. Luego mamá volvió a su novela y papá a su periódico, despreocupándose del tema de los tri... triligu... triguli... Bueno, eso.

2

Mamá entró en la habitación con la bata en el cuerpo y los rulos en la cabeza. Papá se estaba desnudando con aspecto despistado.

—Sigue hablando de los extraterrestres esos —le informó—. Dice que les gusta el jamón, que en su planeta no hay jamón.

—Como tontos —manifestó él.

—Mira que cuando le da fuerte algo...

—Estará dos o tres días con esa historia.

—Pero hay que ver, ¿eh?

—Sí, sí, desde luego. Y no será porque vea demasiada tele.

—No, pero lee mucho, y eso se nota.

—Oye, ¿has visto mis zapatillas de felpa? —preguntó papá.

—Están donde siempre, ¿no?

—No, si estuvieran donde siempre, no te lo preguntaría.

—Pues no sé...

—Qué extraño.

—¿Y para qué quieres tus zapatillas de felpa si vas a meterte en la cama?

—Es que como has hablado de jamón, me han entrado ganas de...

—¡Pero si vas a meterte en cama! —protestó mamá.

—Bueno, mujer, sólo una pizca. ¿Qué pasa?

—¡Eres peor que Andrés! —ella se quitó la bata y se metió en la cama.

Papá no. Papá salió de la habitación, descalzo a pesar del frío que hacía y lo helado que estaba el suelo, y tras bajar a la planta baja se fue a la cocina. Abrió la nevera y tomó la cajita de plástico en la que siempre estaba el jamón.

Vacía.

Habría jurado que...

Regresó a la habitación con cara de extrañeza.

—No hay jamón —dijo.

—¿Cómo que no hay jamón? —puso cara de no creérselo mamá—. Si había un montón.

—Pues ya no está.

Se quedaron mirando el uno al otro unos segundos.

—Andrés no... —vaciló ella.

—Aquí no vive nadie más. Si no has sido tú...

Mamá salió de la cama. Ella sí tenía las zapatillas, porque las llevaba puestas todo el día, desde que llegaba a casa. Volvió a ponerse la bata y, esta vez, papá hizo lo mismo. Los dos se dirigieron a la habitación de Andrés, que estaba al final del pasillo. Tras la ventana vieron que empezaba a nevar.

—Espero que los caminos no se pongan impracticables como el año pasado —suspiró papá.

—Habrá que quitar nieve —se resignó mamá.

Se detuvieron en la puerta de la habitación de Andrés. Solía quedarse dormido de inmediato, así que mamá la abrió para echar un vistazo dentro.

Se quedó tan boquiabierta como papá.

La habitación estaba vacía.

—¡Pero si acabo de dejarle! —abrió unos ojos como platos.

—Habrá ido al lavabo —comentó él.

Les bastaron tres pasos. La puerta del lavabo de Andrés estaba al lado de la habitación.

Andrés tampoco estaba allí.

—¿A dónde habrá ido? —se preocupó mamá.

—¡Es capaz de estar fuera, nevando,

construyendo el primer muñeco de nieve! —se alarmó papá.

Los dos bajaron a toda prisa las escaleras y llegaron a la entrada de la casa. El frío exterior cortaba el aliento. Pero no había el menor rastro de Andrés. Ni siquiera sus huellas en la primera capa de nieve.

A lo lejos, el pueblo, quedaba casi borrado por la caída de los copos blancos.

Volvieron dentro.

Nada en la salita. Nada en la cocina. Nada en la leñera.

—¡Ay, ay, ay! —se puso aun más nerviosa mamá.

—Tiene que estar en alguna parte —aseguró decidido papá.

De pronto los dos se detuvieron, se miraron a los ojos y alzaron las cejas.

—Dijo algo de...

—...el desván.

Subieron la escalera y llegaron al primer piso. Rodearon el pasadizo y alcanzaron la habitación de los trastos viejos, que conducía directamente al desván de la casa. La escalera estaba puesta y la trampilla superior, abierta.

Primero subió ella. Después él.

El resplandor les alcanzó aun antes de sacar la cabeza por la abertura. Iban a em-

pezar con la bronca, los gritos, las preguntas...

Pero nada de eso llegó a producirse.

Papá y mamá se quedaron absolutamente blancos. Como la nieve.

Andrés estaba en el desván, desde luego, embutido en su bata y con zapatillas. Pero lo asombroso era que allí había algo más.

Una pequeña y luminosa nave, como de un metro de diámetro, en forma de plato; dos extrañísimos seres que no medían más de quince centímetros de alto, cómodamente instalados y dormidos en las zapatillas perdidas de papá; y, por supuesto, el jamón o, mejor dicho, lo que quedaba de él.

3

Papá y mamá estaban alucinados.

—¿Qué es... eso de arriba? —se estremeció él.

—Los trigulios —dijo Andrés con toda naturalidad.

—¿Esas cosas son... los trigulios? —insistió.

—Sí.

—¿Por qué no nos dijiste que había invasores de otro mundo en la casa?

—Pero si ya os lo dije —Andrés miró a su madre—. ¿Verdad, mamá?

—No... exactamente, hijo —consiguió articular palabra ella.

Estaba alucinada.

—Además, no son invasores de otro mundo —el niño miró a su padre como si el padre fuese él y su hijo el hombre que tenía delante—. Desde luego, papá, ves demasiadas películas.

—¿Que YO veo películas? —papá puso mucho énfasis en el YO—. ¡Esos bichos son... son... son...!

—Son mis amigos —dijo Andrés al ver que papá no encontraba las palabras adecuadas para expresarse.

—¿Cómo sabes que son amigos? —preguntó asustada mamá.

—Porque lo sé.

—Ya, pero, ¿cómo lo sabes?

—Pues porque me lo han dicho.

—¿Con eso del traductor universal, claro?

—Sí.

—¿Y si luego empiezan con sus rayos desintegradores y quieren conquistar el mundo y aniquilar a la raza humana y...? —la lista de fatalidades de mamá se quedó desbordada.

—Mamá, no seas pesada.

—¿Pesada yo?

—No llames pesada a mamá, Andrés.

—Vale —puso cara de resignación—. ¡Pero que conste que Treliz y Triloy son inofensivos!

—¿Quiénes son Treliz y Triloy? —gritó papá.

—Los trigulios, ¿quiénes quieres que sean? Hablamos de ellos, ¿no?

—¡Oh, Dios! —miró a su esposa—. ¡Se llaman Treliz y Triloy!

—¿Tienen... nombres y todo? —tembló mamá.

—Su cultura es milenaria, son muy inteligentes, pueden viajar a velocidades asombrosas, son pacifistas y se les ha roto la nave —lo soltó de corrido Andrés.

Mamá se quedó con una cosa:

—¿Pacifistas, seguro?

Papá con otra:

—¿Que se les ha roto... la nave?

—Sí, y van a quedarse aquí —Andrés

expandió ahora una enorme sonrisa en su cara—. ¡Será genial!

Mamá tuvo que apoyarse en una silla. Iba a darle un ataque, o un desmayo, o las dos cosas a la vez. Aún no lo tenía claro.

Papá se puso más tieso que un palo.

—¡Ah, no! —dijo.

—¡Papá!

—¡Aquí no se quedan esas... cosas!

—¡Si les echas fuera, se morirán! ¡Su planeta es cálido!

—¿Cómo vamos a tener extraterrestres en casa? ¿Te has vuelto loco? —volvió a la carga mamá.

—¡Pero si apenas abultan, son la mar de simpáticos y comen poco!

—Comer, comen jamón —dejó bien claro papá.

—¿Quieres que vengan esos que salen en las películas, con trajes antirradiaciones, aparatos, tubos, y lo pongan todo patas arriba? —se estremeció mamá con sólo imaginarlo.

—¡Eso es en las películas! ¡Los trigulios son de verdad, inofensivos, muy buenas personas! ¡Nadie sabrá que están aquí!

—¡Además, son feos, feísimos! —volvió a gritar ella.

En ese momento se escuchó una voz.

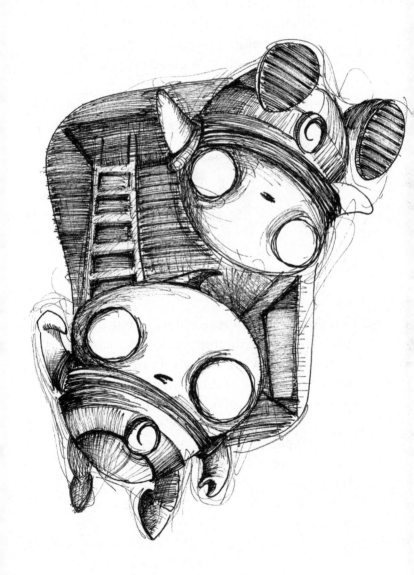

—Ustedes también nos parecen feos, feísimos, a nosotros, mamá. Pero seguro que son personas maravillosas.

Volvieron las tres cabezas. Ellos estaban allí, flotando ingrávidos ante sus caras, probablemente despertados por el clamor de la discusión.

—¡Oooh...! —gimió mamá sin tener claro todavía si desmayarse o esperar.

4

Treliz era la hembra. Triloy, el varón. Lo único que les diferenciaba, además del tamaño (un poco mayor ella que él), era una especie de protuberancia, a modo de antena, que llevaba Triloy en la cabeza. Vestían diminutos equipos de exploradores espaciales. Sus caras eran planas, sin nariz, tenían los ojos muy grandes y la boca muy pequeña. El cinturón que anudaba sus cuerpos era la clave para lo de su ingravidez.

Ya se habían acostumbrado a ellos, pero aun así...

Mamá los miraba con desconfianza. Papá, con recelo.

Andrés seguía siendo el más feliz.

—¿A que son geniales? —insistió.

—Bueno... —no supo que decir papá.

—Esa cosa de arriba, la... nave, no irá a explotar, ¿verdad? —quiso saber mamá.

—Sentimos las molestias —la voz de Treliz era suave, delicada y tenía un leve tono de miedo.

—Sí, no queremos causar problemas —dijo Triloy—. Nuestra presencia aquí ha sido del todo fortuita.

—¿Nos estabais espiando o algo así? —preguntó papá.

—¿Espiando? —murmuró Treliz.

—No —explicó Triloy—. Nuestra nave ha sufrido una avería y no hemos tenido más remedio que descender sobre este planeta. ¿Para qué íbamos a espiaros si ya lo sabemos todo de vosotros?

—¿Que lo sabéis... todo? —se puso en guardia papá.

—En Trigulia estamos al tanto de lo que sucede en el Universo —dijo Triloy.

—Se cuidan de la paz galáctica y todas esas cosas —informó Andrés.

—¿Paz... galáctica? —seguía sin salir de su asombro papá.

—Sí, algunas razas son peligrosas —asintió ahora Treliz—. Están los jaibos de Argalin, los kauakos de Kurataya, los zibeyis de Zeraytan...

—¡Huy, caramba, pues sí que está lleno el Universo, hay que ver! —bromeó sin la menor gana mamá, con una sonrisa de cartón en sus labios.

—Me va a estallar la cabeza —se dejó caer hacia atrás papá.

—Oh, no se preocupe.

Triloy se elevó por encima de la mesa, ingrávido, y se acercó a él. Papá puso la misma cara que si se le acercara una avispa. El extraterrestre no hizo más que dar un par de vueltas a su alrededor.

—¿Qué tal?

—Pues... genial —reconoció papá.

Se sentía de fábula.

—A mí me duelen las cervicales —se apresuró a decir mamá.

Triloy voló hacia ella y repitió la operación, ahora alrededor del cuello y por la espalda de la madre de Andrés.

—¡Caramba, sí, mira! —reconoció ella—. ¡Qué alivio!

—¿A que son chulis? —se animó el niño—. Tienen la mar de trucos.

Mamá pensaba ya en la abuela, que estaba muy achacosa. Y papá, en su hermano mayor, que no acababa de recuperarse de una operación. ¡A lo mejor podían abrir una consulta médico-galáctica!

Pero no, la presencia de los trigulios debía mantenerse en secreto, o aquello se convertiría en un circo, y se los llevarían lejos y les harían pruebas y...

Papá y mamá se miraron una vez más. Como llevaban muchos años casados, no necesitaban hablar para entenderse.

—Tendrán que quedarse en el desván —reconoció ella.

—Sí, no vamos a echarles —dijo él.

—No creo que molesten demasiado.

—No, no parece.

—Oh, estén tranquilos —dijo Triloy—. Ya hemos cambiado la piel hace poco y no nos toca hasta dentro de mucho.

—Sí, y el jamón está muy bueno —reconoció Treliz—. Podría vivir sólo comiendo eso.

—¡Son la pera! —se animó aun más Andrés.

Todo estaba dicho.

O casi.

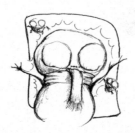

5

Tener a los trigulios en casa no fue ningún problema, ni aun comiendo todo el jamón que comían, que no era poco. Y pata negra.

Aquellas dos semanas fueron las mejores de toda la vida de la familia.

Como la casa estaba apartada del pueblo, nadie les veía ni les molestaba. Y todos guardaron el secreto, sabiendo que un desliz terminaría con Treliz y Triloy en un laboratorio.

Cada noche, un par de vueltas de cualquiera de ellos en torno a papá y a mamá, y se quedaban como nuevos. Cada mañana, bastaba con dirigir un haz de energía sobre la nieve de la entrada para fundirla. Además, eran ingeniosos: construyeron el mejor muñeco de nieve de toda la comarca. Fue la admiración de todos los niños y las niñas del pueblo.

—¿Lo has hecho tú solo? —le preguntaron a Andrés.

—Me han ayudado unos extraterrestres —decía el niño.

Y como todos sabían que tenía una imaginación portentosa, se reía.

Casi siempre, la verdad es lo que menos cree la gente.

Papá examinó la nave, pero no entendió su funcionamiento a pesar de ser muy mañoso con el bricolaje. Mamá en cambio lo que estaba era encantada con las historias que le contaban sus invitados. Ya no tenía miedo, se reía a mandíbula batiente.

Les habían preparado el desván como Dios manda, con unas camitas muy confortables, un servicio y hasta una buena estufa para que estuvieran calentitos.

Todo era perfecto.

Salvo la tristeza de los trigulios.

—Pobrecillos —suspiraba mamá.

—¿Te imaginas a nosotros perdidos en su mundo? —suspiraba papá.

Ni siquiera sabían si eran marido y mujer. El día menos pensado les llenaban la casa de pequeños trigulios.

—Somos hermanos —le dijo Treliz.

Cuando hablaban de Trigulia contaban cosas que no entendían. Papá, mamá y Andrés se extasiaban oyéndoles. Dos soles, cinco lunas, mundos aéreos, mundos subterráneos, mundos submarinos, máquinas perfectas, una felicidad casi completa...

Y a pesar de ello, Treliz y Triloy les dijeron una noche que les gustaba mucho la Tierra.

Que era un planeta muy hermoso.

Tal vez uno de los más hermosos del Universo.

—No quiero que se vayan nunca —decía Andrés.

—Tarde o temprano lo harán —razonaba papá—. Encontrarán la forma de arreglar su nave. No pueden quedarse aquí para siempre.

Andrés estaba seguro de que sí podían.

—La chica de la charcutería me preguntó ayer qué nos ha dado con el jamón —mamá llegaba con dos hermosas patas, hueso incluido—. Dice que nos hemos vuelto adictos.

Cada noche se reunían en la salita y jugaban y hablaban y reían.

Una mañana Andrés los llevó a pasear por el pueblo. Los metió en su cartera del colegio y ellos, asomados por las dos ranuras superiores, pudieron verlo todo de cerca. Coches, perros, gatos, casas, personas, voces... Fue una gozada.

Todo parecía ya normal.

Papá, mamá, Andrés, Treliz y Triloy.

Hasta que una noche...

Acababan de acostarse todos, los trigulios en el desván, Andrés en su cama y papá y mamá en la suya. No llevaban ni cinco minutos las luces apagadas cuando...

¡Brrrrmmm...!

Toda la casa se puso a temblar, cayeron objetos de las estanterías y las camas se movieron de lugar. Parecía un terremoto, pero por la ventana pudieron ver cómo una serie de luces bajaban del cielo, muy despacio, hasta posarse justo en el jardín, delante de la puerta de entrada. Papá y mamá fueron a la habitación de Andrés. El niño ya estaba en la puerta. No tuvieron que ir por Treliz y Triloy porque ellos también volaban en ese instante hacia abajo.

Salieron todos al exterior.

Y se quedaron boquiabiertos.

Al menos los tres humanos.

Porque allí, ante ellos, además de una nave galáctica que debía medir diez metros de diámetro por tres de alto, había dos trigulios más, como de cuarenta centímetros de altura, pero con un aspecto nada simpático.

Más bien feroz.

6

Uno de los trigulios, el varón, porque llevaba una protuberancia en la cabeza como Triloy, vestía un equipo galáctico lleno de hebillas y chapas de colores. La hembra, por contra, era muy femenina. Bueno, dentro de lo fea que les resultaba a ellos. Llevaba lacitos por todas partes.

Andrés y sus padres aún no sabían el idioma trigulio, que era muy complicado, con gruñidos y cosas así, pero no hacía falta ser muy listo para entender lo que a partir de ese instante dijeron los dos recién llegados y sus dos invitados.

—¿Se puede saber qué estáis haciendo aquí? —gritó el trigulio varón—. ¡Llevamos un montón de tiempo buscándoos!

—¡Y molestando a estos pobres humanos! —mencionó toda preocupada la trigulia hembra.

—Papá... —dijo Triloy.

—Mamá... —dijo Treliz.

—¡Ni papá ni mamá que valga! ¡Por suerte hemos detectado el radio faro de vuestra nave de juguete, que si no...! —volvió a gritar papá trigulio.

—Se nos estropeó y... —quiso explicarlo Treliz.

—¿Cómo he de deciros que no vayáis más lejos de un millón de años luz de casa, eh?

Estaban furiosos.

—Ya hablaremos luego —amenazó papá trigulio.

—Venga, despedíos de estos entes tan raros, que nos vamos —se impacientó mamá trigulia.

Treliz y Triloy se volvieron hacia Andrés y sus padres.

—Son... —comenzó a decir Triloy con la cabeza gacha.

—No hace falta que sigas —le detuvo Andrés—. Son tus padres.

Los trigulios adaptaron su traductor universal al idioma humano.

—Espero que no les hayan causado problemas —se excusó muy amable mamá trigulia.

—Oh, no, no, se han portado muy bien —dijo rápida mamá.

—Si han roto algo... porque en casa lo rompen todo —continuó papá trigulio.

—No, no, aquí no han roto nada, al contrario, han sido de gran ayuda —afirmó papá.

—Sí, es que no se les puede dejar solos —dijo mamá trigulia.

—Desde luego, ¡qué me va a decir a mí! —suspiró mamá—. Este es nuestro hijo Andrés. Tiene siete años y también organiza cada lío...

—Yo no organizo ningún lío —protestó Andrés con amargura.

Miró a Treliz y Triloy en busca de soporte. En sus ojos encontró toda la camaradería que cabe esperar de unos buenos colegas. Aunque sean de otro mundo.

Que fueran niños como él, de pronto, le parecía fascinante.

Los cuatro adultos hablaban. Los trigulios estaban más calmados. Papá y mamá, más encantados de la visita.

—Este planeta parece muy tranquilo, ¿verdad? —dijo mamá trigulia.

—Oh, sí, lo es —afirmó mamá.

—Deberíamos incluirlo en nuestras rutas vacacionales —continuó mamá trigulia.

—Uy, cuando quieran. Nosotros es que aún no salimos al espacio, ¿saben? Todavía no hemos estado más que en nuestra luna —la informó mamá.

—Andamos un poco retrasados —aclaró papá.

—Nos encantaría que nos visitaran. Si nuestros hijos se han hecho amigos... —manifestó papá trigulio.

—Sería un placer —agradeció papá.

—Entonces estaremos en contacto —dijo solícito papá trigulio.

—Ahora hemos de irnos —suspiró mamá trigulia. Y dirigiéndose a sus hijos agregó—: La abuela estaba muy nerviosa. ¡Si es que sois...!

Era la hora de las despedidas.

—¿Cómo dicen adiós ustedes? —preguntó papá trigulio.

—Nos damos la mano. Así, ¿ve?

Le estrechó la mano.

—Nosotras nos damos dos besos —mamá se acercó a mamá trigulia, pasando de lo mal que olía, y la besó en las mejillas.

—Nosotros gruñimos. Así —y papá trigulio soltó un feroz rugido que les puso los pelos de punta.

Eso era todo.

Los cuatro trigulios se dirigieron a su nave. Les saludaron desde la escotilla, la cerraron y...

—¡Eh, os dejáis vuestra nave! —gritó Andrés.

Comprendió que si estaba rota, no les servía de nada. En cambio él, tal vez con con el tiempo, hasta podría repararla y...

La nave trigulia se elevó.

—Bueno, ya me había acostumbrado a ellos —soltó una lagrimita mamá.

—Esos críos... son iguales en todas partes —dijo papá.

Cogieron a Andrés de la mano. Uno por cada lado.

Y entraron de nuevo en la casa.

—Podían haberse llevado el jamón —dijo mamá, recordando que tenía la nevera llena.

El astronauta perdido

Era apenas un cometa.

Surcaba el espacio dejando tras de sí una invisible estela de silencios envueltos en la quietud de la noche eterna. Si la luz de algún sol distante le alcanzaba, lanzaba un destello fugaz. Curiosamente, volaba a miles de kilómetros por segundo, pero en aquella inmensidad parecía no moverse. Con majestuosa lentitud, dejaba atrás nuevos mundos, galaxias, sorteando meteoritos y danzando en torno a los muchos planetas que le rodeaban.

Era un cohete blanco y metálico, en forma de aguja, con una diminuta cúpula en su extremo.

Y en el interior de esa cúpula, un ser humano.

Se llamaba...

¿Sabéis? Lo había olvidado.

Iba a los mandos de su nave canturreando una vieja canción, siempre la misma, y miraba por los ventanales con aburrida curiosidad, aunque sin perder la esperanza. No en vano, la esperanza había sido lo que le había mantenido durante todos aquellos años... ¿o siglos?

No lo sabía.

Él era un astronauta perdido.

La barba, larga y blanca, le caía por encima de su traje espacial. Cuando descendía sobre un mundo extraño y tenía que ponerse el casco, se la enrollaba alrededor del cuello, como una bufanda. De todas formas, raras veces iba a ninguna parte. De joven, si era necesario, podía luchar contra las extrañas formas de vida de los distintos planetas del universo en caso de que fueran hostiles, que siempre los había picajosos, aunque él nunca hiciera daño a nadie y prefiriera marcharse sin armar líos. Pero ahora ya no estaba para aventuras.

Buscaba únicamente el camino de regreso a casa, a la Tierra.

Un día, tiempo atrás, en algún lugar y momento de su pasado, había sido lanzado al espacio. Su misión era rutinaria aunque importante: llegar a los confines del Sistema Solar y trazar las fronteras del mismo más allá del último de los planetas, Plutón. Y así lo hizo, sólo que al llegar a ese confín remoto había creído ver un nuevo planeta y, emocionado ante el descubrimiento, se había lanzado tras él.

Un planeta que podía llevar su nombre, como descubridor.

¡Qué tonto! La alegría le hizo ser descuidado, y por ella olvidó todo lo aprendido en los años de aprendizaje.

Fue atrapado por un agujero negro y... desapareció.

Tal vez hubiera ido a parar al otro lado del Universo, o quizás tan sólo a unos pocos años luz de la Tierra. Fuere como fuere, tanto daba.

Desde entonces vagaba sin rumbo, buscando un punto de referencia, una señal, algo que le orientara. Se dirigía a cualquier estrella que le recordase algo, siempre infructuosamente. Sabía que en el espacio el tiempo corría de distinta forma y que, si tenía la suerte de regresar un día a la Tierra, a lo peor en ella habían transcurrido cientos o miles de años mientras que para él...

Pero eso, siendo importante, era lo de menos. Quería regresar.

Volver a casa.

Aunque ya no viviesen sus amigos y todo fuese distinto, un mundo del futuro.

—En la pantalla veo un sol rodeado por varios planetas en órbita —le dijo Mizra.

Se acercó al ordenador y miró la pantalla. En el cuadrante superior izquierdo veía lo que él le acababa de indicar: un punto luminoso y otros puntitos más débiles y apagados danzando a su alrededor.

Una posibilidad más.

—Vayamos allá —suspiró poniendo una mano sobre la cabeza cuadrada de Mizra.

Lo había encontrado en un planeta abandonado. Era una especie de perro, pero muy distinto a los de la Tierra. Tenía el cuerpo rectangular y liso, la cabeza cuadrada con siete ojos triangulares y también siete patas, aunque estas eran pentagonales. Evidentemente procedía de un mundo cúbico. Le había enseñado a hablar y así, por lo menos, no se había sentido tan solo durante aquellos últimos años.

El astronauta se sentó a los mandos de la nave y programó la computadora para dirigirla al cuadrante escogido. El cerebro electrónico obedeció sus órdenes. El astronauta sabía que, cuando él muriera, las máquinas de la nave seguirían dirigiéndola, aunque fuera sin rumbo. En su largo peregrinar por el infinito, había encontrado otras dos naves procedentes de mundos remotos, vacías, como cáscaras de nuez sin vida.

La pantalla fue aportando datos de su destino. En efecto, era un sistema regido por un sol central, parecido al de la Tierra. Y tenía nueve planetas, como el Sistema Solar. Un sistema casi gemelo.

En el otro extremo del Cosmos.

—Es curioso —murmuró.

El tercer planeta tenía un satélite que giraba a su alrededor. El cuarto era como una bola de fuego de color rojo. El sexto mostraba con orgullo un anillo que lo envolvía...

El astronauta perdido sintió cómo una fría e invisible mano le oprimía el corazón.

—Vayamos al tercer planeta —dijo.

Mizra le ayudó. La nave experimentó un ligero aumento de velocidad bajo la atenta programación que realizó el astronauta en los sistemas operativos. El tercer planeta fue agigantándose rápidamente, primero en la pantalla del visor y después más allá de los ventanales.

El astronauta perdido temblaba de excitación.

—No es... posible —murmuró.

—¿Es tu mundo? —le preguntó Mizra impasible.

Aún no tenía sentimientos. Le estaba enseñando a experimentarlos.

—No lo sé —dijo el hombre. Y repitió pensativo—: No lo sé.

La nave comenzó a sobrevolar el planeta. Los sensores detectaron una capa de nubes discontinua y, más allá de ella, la presencia de agua.

—Ahí abajo hay una mezcla de oxígeno, hidrógeno... —señaló Mizra.

El astronauta perdido seguía absorto. Aire, agua. No era una alucinación.

Temía creer que aquello pudiese ser la Tierra, tantos siglos después de haber salido de ella por lo de la relación entre el espacio y el tiempo, que todo hubiese cambiado, hasta la forma de los continentes. Por esa razón sobrevoló el planeta haciendo cálculos y cotejando los informes

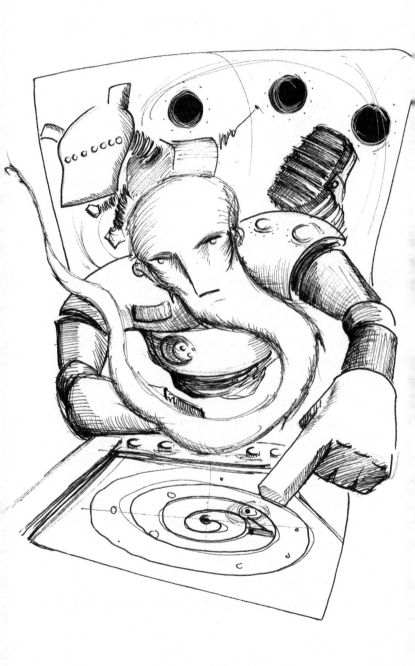

facilitados por el ordenador, bajo la atenta mirada de Mizra.

Cuando terminó los análisis se desplomó en su butaca.

Cinco continentes, agua, aire, y sin embargo...

No era la Tierra.

Era como si en el universo hubiera un duplicado casi exacto del Sistema Solar, pero sólo eso: casi.

—La computadora señala la presencia de algo metálico y muy pequeño ahí abajo —dijo Mizra.

¿Algo metálico? No había ninguna ciudad, ninguna presencia inteligente, al menos en apariencia, aunque habiendo agua era posible que existiese vida animal en evolución.

—¿Descendemos? —se animó Mizra.

El astronauta perdido iba a decir que no. ¿Para qué? Sin embargo, aquel era el primer planeta que veía en el que se podía vivir. Y si se podía vivir era porque tal vez hubiese... carne, pescado. La comida sintética no estaba mal, pero un cambio podía ser tan maravilloso que...

—De acuerdo —aceptó.

Mizra le sorprendió con una respuesta que no esperaba:

—Me alegro. Lo estaba deseando.

El extraño ser del mundo cúbico empezaba a mostrar sentimientos.

Siguieron el rastro del objeto metálico por los sensores y, cuando lo sobrevolaban, iniciaron la maniobra de descenso. No se apreciaba la forma, pero ya daba igual. La desilusión del astronauta perdido le hacía despreciar el peligro. La muerte, a lo mejor, era una salvación.

Estaba seguro de que nunca regresaría a la Tierra.

El morro de la nave apuntó el suelo. Un kilómetro antes de él entraron en funcionamiento los retrocohetes y la nave se enderezó cambiando la posición casi 180°. Descendió con lentitud hasta que se apoyó en la superficie de aquel mundo.

Los motores se detuvieron.

—¿Alguna comprobación final? —quiso saber Mizra.

El astronauta perdido negó con la cabeza.

—Tú quédate aquí —ordenó—. Voy a ir solo.

—Bien —dijo Mizra sin discutírselo.

Abandonó la cabina de mando y descendió por el pasillo interior, atravesando las distintas secciones, caminando por pasillos y bajando por escalerillas metálicas o tubos en espiral. Llegó hasta la última plataforma y allí presionó un saliente. Un panel se desplazo hacia un lado. Tras él había una cámara de descontaminación, con dos trajes de astronauta. No se colocó ninguno. Pulsó otro saliente y la puerta exterior se abrió ante él.

La primera imagen de aquel mundo le inundó la retina. Un valle, un río, árboles, vegetación, flores, insectos y otros animales, pájaros volando por todas partes. Naturaleza. Vida. Un paraíso.

Y sobre todo aquel aire tan puro.

Lo respiró con emoción antes de salir al exterior y bajar por la escalerilla que le condujo hasta el suelo. No se precipitó, calculó cada paso, pero cuando tocó la tierra con un pie se sintió muy raro. ¡Pionero en un nuevo mundo que, sin embargo, se parecía tanto y tanto al suyo!

El objeto metálico quedaba a unos doscientos metros, así que se encaminó hacia él sin prisas. Notaba los ojos de Mizra a su espalda, desde la nave, pero no volvió la cabeza. El sol era cálido. No quería perder la concentración por si acaso, aunque una hermosa paz lo acompañaba en esos instantes, sin experimentar ningún temor. A medida que se acercaba descubrió algo que, poco a poco, se le hizo más y más real.

Alucinantemente real.

Porque, desde luego, aquello era... una nave.

Distinta a la suya, muy pequeña, casi ridícula, aunque por experiencia sabía que en el espacio todo era posible, incluso que aquello pudiera viajar, porque todo dependía de la energía que utilizase. Aquella nave daba la impresión de no tener motores, ni cápsula principal, ni...

Estaba tan absorto contemplándola que no reparó en ella.

Es decir, en la mujer que, a su vez, le miraba a él desde detrás de una ventanita.

Una mujer.

La sorpresa era mutua.

El astronauta perdido se detuvo unos segundos. Luego continuó caminando. La mujer desapareció de la ventanita y apareció al pie de la nave al abrirse una portezuela. Ella también fue hacia él.

Los dos se detuvieron al llegar a un metro escaso uno del otro.

En sus rostros se adivinaban la incredulidad, la emoción, tantas y tantas emociones que...

—¿Quién eres tú? —preguntó el astronauta perdido, guiado por un extraño impulso, sin saber si ella podría entenderle.

Pero la mujer le respondió en su misma lengua.

—No lo sé —reconoció—. Salí de mi mundo hace mucho tiempo, demasiado para recordarlo.

—¿Cuál era tu mundo?

—Ukkar, Sistema Solar de la Séptima Galaxia, en la Vía Solar. ¿Y tú?

—Tampoco sé ya quién soy. Mi planeta se llama Tierra y está en el Sistema Solar, que forma parte de la Vía Láctea. Partí de allí hace tanto, tanto tiempo...

—Perdidos los dos —musitó ella.

—Perdidos hasta aquí —vaciló él.

La astronauta miró a su alrededor.

—¿Sabes? Mi mundo es tan parecido a este, lo mismo que el sistema al que pertenece, el sol...

—Me sucede lo mismo. Esto me recuerda mi propia casa —reconoció el astronauta.

Volvieron a mirarse. En los ojos de cada cual leyeron muchas cosas, más de lo que las palabras podían expresar. Dos astronautas perdidos, provenientes de mundos parecidos entre sí y a los que, probablemente, jamás regresarían. Por un extraño azar, incluso hablaban la misma lengua.

Un extraño azar.

¿Destino?

El río que corría cerca de ellos tenía las aguas muy claras y transparentes. De los árboles colgaban frutos jugosos. La tierra daba la impresión de ser fértil, capaz de producir cosechas maravillosas.

Si aquello no era un paraíso, le faltaba muy poco.

Tal vez... ellos.

Un comienzo.

—Me gustaría que me hablaras de tu planeta —dijo el astronauta perdido.

—Y a mí que me hablaras del tuyo —dijo la astronauta extraviada.

Hacía calor. Empezaban a sudar. La vida fluía igual que su esperanza.

—Creo que tenemos tiempo —reconoció él—. Todo el tiempo del mundo.

—¿Tiempo?

—Es la forma en que medimos los intervalos de nuestra vida.

—Nosotros lo llamamos Xaia.

Se dieron la mano y sus pieles se rozaron por primera vez. Ambas eran cálidas y sintieron que una corriente de energía recorría sus cuerpos con ese contacto.

—¿Por dónde comenzamos? —preguntó el astronauta perdido.

—Creo que por ponernos un nombre —opinó su compañera.

Sí, un comienzo.

Alzaron sus rostros al cielo y pensaron que, en efecto, lo era.

El comienzo de algo muy hermoso llamado continuidad.

El mayor descubrimiento del Cosmos

—¡Atiza! —exclamó Genaro.

No era para menos.

¿Qué haría cualquiera en el caso de encontrarse con un ser del espacio cara a cara?

Por supuesto que Genaro se quedó sorprendidísimo. Un paseo por el bosque, todos lo sabemos, es una invitación a la aventura, al misterio, a soñar lo fantástico e imaginar lo más emocionante. Pero de ahí a que sucediera algo tan extraordinario como aquello...

Además, Genaro era un chico de lo más centrado.

Para empezar, no demostró tener nada de miedo. El ser del espacio parecía inofensivo, distinto a como se presentaban en las películas a los extraterrestres.

Era tan alto como él y tenía dos brazos y dos piernas. Pero aquí terminaban las similitudes. La cabeza del ser del espacio era redonda y en su centro parpadeaba un único ojo que era muy grande. Debajo aparecía la boca, más o menos del tamaño del ojo. De la frente le salían dos antenas puntiagudas y en las manos tenía tres dedos. Por lo demás, vestía una especie de flexible coraza metálica la mar de extravagante y se cubría con una capa de color rojo que le llegaba hasta los pies, tan redondos como la cabeza. Colgado del cuello y por delante llevaba un aparato que emitía luces intermitentes.

Genaro se quedó mirando boquiabierto al ser del espacio. ¿Y cómo sabía que era un ser del espacio y no alguien disfrazado? Pues porque estaba claro que era un extraterrestre. Vamos, que se le notaba. No hacía falta ser muy listo para eso. El aparecido también lo estudió a él con mucha atención.

El silencio entre los dos se prolongó por espacio de unos segundos.

Hasta que el extraterrestre avanzó hacia el niño, haciendo girar sus pies circulares y, al llegar frente a él, movió una de sus extremidades superiores para... ¡acariciarlo!

¡Exactamente igual a como solía hacer Genaro con el perro de su vecino, que se llamaba Toby: pasándole una mano por encima de la cabeza!

Genaro no supo qué hacer o decir. El impacto de aquel encuentro insólito y desconcertante lo había privado de la voz. El corazón le latía a mil por hora. ¡Seguro que nadie le creería cuando lo contara! Y, sin embargo, era verdad. Allí estaba.

Un genuino marciano. Bueno, suponiendo que viniera de Marte, que seguro que no, que venía de mucho más lejos.

De pronto el visitante hizo una mueca, extendió su boca hacia los lados, como si sonriera, y...

—¡Brrrrrroooooooaaaaaaammmmmm!

Genaro dio un salto hacia atrás, asustado, y miró a derecha e izquierda antes de volver a fijar sus ojos en el ser del espacio.

¿Había hecho él aquel impresionante ruido?

Acababa de sonar como si una potente moto circulase por allí mismo.

El ser del espacio ladeó la cabeza, dubitativo.

—¡Aaaaaammmmzzzzuuuooommmm!

Genaro volvió a brincar, nuevamente asustado. Ahora ya no tenía la menor duda. El sonido de aquel avión supersónico que daba la impresión de estar aterrizando sobre sus cabezas, lo había emitido el extraterrestre por su boca.

Pero... ¿qué significaba aquello?

Intentó decirle algo, dominando el agarrotamiento que todavía sentía, pero no llegó a abrir la boca. Por tercera vez el que "habló", es decir, el que hizo un extraordinario ruido, enorme y estereofónico, fue su compañero:

—¡Tang-tang! ¡Cling-clang! ¡Ñiiiiiigooooooñaaaagooooo! ¡Ta-ta-chín, ta-ta-chán!

Primero, una moto atronando con su tubo de escape. Después, un avión a reacción. Ahora, allí mismo, un grupo de *rock* tocaba a toda potencia decibélica.

El ser del espacio debía de estar loco.

Genaro no supo si echar a correr o qué. Estaba demasiado lejos de su casa y seguro que el extraterrestre podía volar o tenía poderes especiales, de lo contrario no estaría allí. Y si gritaba, nadie le oiría, seguro. Máxime si su aparecido se empeñaba en hacer tanto ruido.

Si lograra comunicarse con él...

No pudo. El nuevo alud de sonidos lo aturdió por completo.

—¡Pam... pam... pam!

Un martillo golpeando sobre un yunque.

—¡Bum... bum... requetebuuuuum!

Explosiones, bombas.

—¡Bang! ¡Bang! ¡Ta-ta-ta-ta-bang!

Disparos.

Entre las explosiones y los disparos, Genaro ya no pudo más. Era demasiado. Se llevó ambas manos a los oídos, se los tapó y entonces sí gritó:

—¡Basta! ¡Ya vale, por favor! ¡Basta!

El ser del espacio se quedo silencioso. De golpe.

—¿Por qué haces tanto ruido? —consiguió decir el niño—. ¿Es que no sabes hablar normal? ¡Tú no eres una moto, ni un avión, ni una bomba o una pistola! ¿Qué te pasa?

El extraterrestre dio un paso atrás. Su único ojo estaba muy abierto. Pulsó un botón de color azul del aparato que llevaba colgado del pecho y la máquina se iluminó.

Genaro estaba impresionado.

Con la otra mano, el visitante galáctico le hizo una seña dirigida a los labios.

—¿Quieres que... hable? —murmuró el chico indeciso.

El ser del espacio emitió un gemido extraño, algo parecido al chirriar de unas bisagras mal engrasadas. Pero el gemido procedía del interior de su cabeza, no de su boca. La máquina se puso a funcionar, igual que si las palabras de Genaro acabasen de alimentarla. Su dueño observó más y más interesado una serie de signos que surgieron en una pantallita.

Cuando la máquina se detuvo, el extraterrestre hizo algo más: agarró a Genaro por una mano y tiró de él, no con fuerza, pero sí de forma convincente. El niño, con las rodillas a punto de doblársele, ni siquiera se resistió. El contacto de la mano del ser de las estrellas era agradable aunque frío.

Caminaron un trecho, apenas veinte metros, hasta que llegaron a un claro en cuyo centro se había posado una pequeña nave interestelar. Era preciosa, redonda, plateada, una especie de disco plano, flotante, con una cúpula de cristal y una rampa metálica que salía del centro hasta apoyarse en el suelo. A Genaro, esta vez sí, se le doblaron las rodillas y se quedó pálido del susto. Por eso no pudo echar a correr. Pensó que iban a llevárselo lejos, al planeta del aparecido, donde le estudiarían como si fuera un bicho raro.

Pero no. Lo que hizo el ser del espacio fue dejarlo allí, entrar en la nave por la rampa y reaparecer a los tres segundos sosteniendo en sus manos de tres dedos un casco que brillaba intensamente.

Conectó el casco al aparato que colgaba de su cuello y luego se lo puso a Genaro en la cabeza.

Esta vez, la máquina se volvió loca. Hasta echó chispas.

El chico sólo sintió un cosquilleo, pero dentro, en su propio cerebro.

El extraterrestre mostró algo más que asombro. Le quitó el casco a Genaro y se lo puso él mismo. La máquina volvió a agitarse. El único ojo se le agigantó entonces aun más.

Finalmente se quitó el casco y entonces dijo:

—Tenéis... un lenguaje.

¡Y lo dijo en la misma lengua de Genaro!

El chico apenas si pudo decir:

—¿Hablas... mi idioma?

—Acabo de... aprenderlo —dijo el ser del espacio señalando el aparato que llevaba colgado del cuello y el casco—. Lo he asimilado fácilmente con mi... —la sorpresa llegó al máximo porque entonces agregó—: ¡Sois inteligentes!

Genaro, que ya se sentía más tranquilo de nuevo, se cruzó de brazos.

—¡Pues claro que somos inteligentes! ¿Qué te hacía pensar que no lo fuéramos? ¡Tú sí que parecías un loco haciendo tanto ruido!

—¿Ruido? Yo trataba de comunicarme contigo —se justificó el extraterrestre.

—¿Con sonidos de motos, aviones y explosiones?

—¡Creía que era como os comunicábais!

—¿Nosotros? —no pudo dar crédito a lo que oía el niño.

Se quedaron mirando unos segundos, hasta que el ser del espacio produjo un nuevo sonido, extraño, que surgía en esta ocasión de su cuerpo, no de su cabeza. Era como si se rozaran algunos de sus órganos internos. La convulsión fue tan evidente que Genaro no tardó en comprender que... ¡se estaba riendo!

—Es curioso —dijo el extraterrestre—. Durante muchas medidas de nuestro tiempo os hemos estado observando a distancia, captando vuestros sonidos con potentes antenas instaladas en planetas próximos. Queríamos ser amigos, comunicarnos con vosotros, ¡pero no lográbamos descifrar esos sonidos! ¡No tenían el menor significado para nosotros! Por eso creíamos que erais una raza bárbara, porque si os expresábais mediante esos ruidos tan atronadores...

—Es que lo que oíais eran eso: ruidos. ¿No lo comprendes?

—Ahora sí —asintió el ser de las estrellas—. Nos chocaba mucho que construyérais ciudades tan hermosas, que navegáseis por los mares y los cielos, que parecierais inteligentes... ¡y que no os comunicáseis con una lengua lógica! Nuestras máquinas se volvían locas porque no hallábamos ningún patrón. ¡Qué extraordinario! —abrió un poco más su ojo—. ¿Cómo es posible que viváis en medio de tanto caos?

—A nosotros no nos parece eso —dijo Genaro inseguro.

—¿Que no? ¡Estáis locos! ¡Si lo que dices es cierto, y ahora estás hablando en tu idioma, ciertamente lo otro es ruido, un ruido insoportable! ¿Cómo podéis escucharos unos a otros con semejante lío a vuestro alrededor?

—Bueno, sí es cierto que la raza humana es bastante... ruidosa —reconoció Genaro.

—¿Bastante? —volvió a reírse el ser del espacio, porque repitió el gesto y el murmullo anterior—. ¿Todos los que son como tú hablan así de bajo y normal?

—Sí.

—¡Fantástico! —expresó su alegría—. ¡Podremos comunicarnos algún día!

Iba a preguntarle si sería pronto, si vendrían inmediatamente y todo eso. Pero de repente la máquina que le colgaba del cuello hizo una señal y se iluminó una luz roja en su contorno. El extraterrestre, por su parte, empezó a ponerse de un color suavemente violáceo.

—Debo irme —explicó—. Vuestra mezcla de oxígeno e hidrógeno no es la más adecuada para mí.

—¡Oh, no! —suspiró Genaro.

—No hay más remedio, o moriría —el visitante se encaramó a su nave y desde ella dirigió una última mirada a su nuevo amigo—. ¿De verdad que los de tu raza son así, como dices?

—Sí, aunque ya lo comprobarás por ti mismo.

—Gracias —levantó sus dos manos en señal de paz—. ¡Me has ayudado mucho!

En los tres ojos brilló un destello de mutua inteligencia. Después, el ser del espacio cerró la puerta de su diminuta nave y, casi de inmediato, esta se elevó sobre el suelo buscando las alturas, con él despidiéndose al otro lado de la cúpula transparente.

En unos segundos era un punto brillante que se alejaba por el cielo.

Genaro se quedó solo.

Cuando reaccionó, lo primero que se preguntó fue si... realmente aquello había sucedido.

Nadie iba a creerle.

Seguro.

Dio media vuelta para regresar a su casa cuando, de pronto, rompiendo la paz del bosque y la calma de aquel silencio en la montaña, escuchó el rugir de una moto que parecía tomar alguna pista forestal por un circuito de carreras, molestando a todos los bichos y contaminando el aire con sus humos.

Genaro suspiró.

La Tierra era el mundo del ruido.

¡Pobres extraterrestres!

¡Y pobres de ellos mismos, que vivían siempre así!

Genaro se habría sorprendido aun más de haber podido escuchar al extraterrestre, que en esos instantes, hablando en su lengua, se estaba comunicando con los de su raza, en algún lugar del Universo.

—Oíd... Oíd... ¿Bargenz? Habla Mizclebar. Atención, atención, ¿Bargenz? Regreso de la expedición científica y traigo conmigo el mayor descubrimiento del Cosmos. Atención... Esto va a cambiar las estructuras de nuestro concepto de vida, porque ellos no son animales en estado evolutivo. ¡No lo son! ¿No es fantástico? ¡Saben incluso hablar y razonar!

—¿Mizclebar? —dijo alguien por el intercomunicador—. ¿Te has vuelto loco? ¿De qué estás hablando? ¿Seguro que has estado en el tercer planeta del Sistema 7.527?

—La Tierra. Ellos lo llaman así: Tierra. Ellos... ¡Oh, Bargenz, no estoy loco! ¡Es el mayor descubrimiento del Cosmos, el más importante y trascendente hallazgo estelar de este tiempo! ¡Eso que oíamos eran ruidos, porque además de hablar también hacen mucho ruido, pero en realidad son inteligentes y... encantadores!

La nave cruzaba el espacio como una exhalación.

Pero todo eso ni lo veía ni lo oía Genaro, que seguía caminando de regreso a su casa, a su mundo lleno de ruidos desmesurados, mientras miraba una y otra vez hacia el cielo.

Sonreía muy feliz.

Nunca llegaría a saber lo importante que había sido aquel día para los extraterrestres, ni que había formado parte del mayor descubrimiento del Cosmos, pero no le importaba demasiado.

Para él también había sido un día estupendo.

Había conocido a un... lo-que-fuera.

Un ser de otro mundo.

Y eso nunca lo olvidaría, sobre todo cada vez que alguien hiciera ruido en alguna parte, o sea, a diario, a cada momento.

El chatarrero del espacio

Habizal frenó los retropropulsores de su nave espacial y los potentes cohetes redujeron su intensidad hasta colocarla muy por debajo de su velocidad habitual. En la inmensidad del infinito, la nave pareció flotar, ingrávida, suspendida en una fantasmagórica e invisible negrura.

Por arriba y por abajo, a derecha e izquierda (¿o era al revés?), rodeándole sobrecogedoramente, el Cosmos se expandía centelleante, poblado de estrellas que titilaban, mundos desconocidos, constelaciones y sistemas fantásticos.

Lejanos.

Para Habizal, sin embargo, este era el paisaje de todos los días; así que no se sintió muy impresionado. Lo que había llamado su atención era un *tic* en su pantalla de contactos. Un *tic* muy nítido y claro, metálico, captado por los sensores que rastreaban el espacio.

—Vaya, vaya, veamos qué puede ser eso.

Pulsó un botón rojo. Al instante, la computadora central de su nave se iluminó. Dirigió el visualizador de larga distancia apuntando a las coordenadas señaladas por los sensores y le preguntó lo que necesitaba saber.

¡Zim! ¡Zum!... ¡Clic-up-clac-ssss...!

Sobre la pantalla aparecieron unas palabras y unos números. Habizal se aproximó para leerlas, agudizando la vista, porque a sus años ya no andaba muy bien de los ojos.

—"Objeto metálico compuesto principalmente por hierro y aleaciones primitivas..." —susurró despacio—. Hum, sí, parece buena cosa —siguió leyendo—: "No hay vida en su interior. Mantiene rumbo constante 7705 en cuadrante 3...".

Se apartó de la pantalla y sonrió. Luego dejó caer su puño derecho sobre la palma de su mano izquierda, abierta. Acto seguido trenzó unos ridículos pasos de baile, achacosos y poco flexibles.

—Recuerda la tos... recuerda la tos —se oyó una voz que provenía de un pequeño sistema—. Presión subiendo a 0.9 puntos...

—¡Oh, cállate ya! —protestó Habizal dirigiéndose al sistema—. Después de todo, hacía mucho que no encontraba nada.

El sistema emitió varios destellos, la mayoría rojizos, pero no agregó nada más. Habizal se colocó a los mandos de su vieja nave, tan vieja como él. Su mano derecha tecleó algo en el ordenador principal y sobre la pantalla fueron apareciendo los complicados cálculos hechos por la máquina.

—Punto de intercepción a 0257 vector 73, coordenadas 192, 785 y 357 en cuadrante 3.

Habizal asintió con la cabeza. Programó el nuevo rumbo y se sentó a los mandos de la nave, una inmensa bañera de carga que, en otros tiempos, fue un estupendo transporte, aunque ahora ya estuviese anticuado. Tras él se veía la bodega, casi vacía.

Cada vez costaba más encontrar residuos por el espacio.

Sujetos a las paredes de la bodega sólo había algunos desperdicios, lo poco que había podido recoger desde que saliera de su luna, Artal 7. Pedazos de hierro, restos de primitivas naves, rocas procedentes de algún asteroide formado exclusivamente por metales, un pequeño satélite de comunicaciones averiado y a la deriva... Por el momento, esto último había sido lo mejor, ya que los instrumentos y los minerales preciosos de su estructura bien valdrían algo de dinero.

—Esperemos que eso que acabo de detectar sea mejor —suspiró Habizal, el chatarrero del espacio.

No tuvo que forzar su nave ni esperar demasiado. El objeto metálico volaba prácticamente a su encuentro. Cuanto más se acercaba a él, más información reunía en su computadora. Muy pronto, su imagen quedó nítidamente dibujada en la pantalla. De esta forma vio algo parecido a un satélite... pero sólo parecido.

En cualquier caso, se trataba de un prototipo muy anticuado, probablemente construido por una de las muchas culturas primitivas diseminadas por el espacio. Era lo bastante grande como para llenar más de la mitad de su bodega y su velocidad, tan ridícula que hasta dudó entre parali-

zarlo del todo para aproximarse o engullir-
lo con la boca móvil de su bodega.

Escogió esto último.

—Un buen pedazo de hierro, vaya que
sí. Las prensadoras de metal me darán un
buen pico por él.

Tarareando una canción, manipuló el
sistema para que hiciera la parte pesada
y peligrosa del trabajo. Con los datos que
le facilitaba, Habizal sólo tenía que dirigir
las operaciones. Cuando la boca móvil de
su bodega empezó a abrirse, el satélite o
lo que fuera aquello ya era visible por el
ventanal de aire seco, transparente, de su
cabina de mando.

En el mismo momento en que la presa fue engullida por la boca móvil, esta
comenzó a cerrarse. La falta de gravedad
interior hizo que el satélite quedase quieto, hasta que, mansamente, guiado por los
rayos situadores de la bodega, quedó asen-
tado en el suelo.

Habizal contempló su hallazgo.

Tenía un cuerpo circular y cuatro formas planas a modo de aletas laterales
compuestas de una materia que reflejaba
las imágenes como si se tratase de un es-
pejo. Carecía de cabina de mando y en la
cola quedaba sólo lugar para los cohetes
de propulsión.

En el cuerpo vio un dibujo curioso, rectangular. O tal vez fueran unos signos incomprensibles para él.

AMISTAD-1.

Habizal se encogió de hombros. Abandonó el puente de mando de su destartalada nave y se dirigió a la bodega. Llevaba consigo su codificador manual, un aparatito imprescindible para viajar por el espacio. Servía para entender cualquier forma de vida o cualquier mensaje establecido por una mente inteligente. El codificador reunía en su memoria los indicios y, a una velocidad alucinante, establecía las pautas del sistema que hubiese elaborado el mensaje o aportaba datos lógicos con respecto a la naturaleza de cada opción.

Se detuvo frente a la curiosa nave o satélite capturado y buscó una puerta. Al encontrar algo que se parecía a un acceso, aplicó sobre su estructura el codificador y esta silbó un par de veces hasta dar con el mecanismo de apertura. Al instante, la puerta se abrió.

Habizal penetró en su interior.

—Esto es casi de juguete —murmuró al ver los mecanismos, primitivos y anticuados.

Se acercó al panel de mandos y situó el codificador junto a lo que parecía ser un ordenador de vuelo. Inmediatamente del sistema surgió un extraño sonido articulado, inequívocamente inteligente aunque incomprensible para él. En menos de cinco pequeños espacios de tiempo el codificador había logrado establecer su propio sistema de traducción con base en parámetros lógicos. De esta forma, Habizal escuchó en su lengua las siguientes palabras:

—Nosotros, los Pueblos Unidos del planeta Tierra, perteneciente al Sistema Solar de la Vía Láctea, según nuestra propia definición espacial, enviamos este mensaje de buena voluntad a los seres inteligentes de otros mundos que puedan encontrarnos en nuestro largo viaje por el espacio.

Un mapa galáctico apareció en una pantalla. Habizal lo estudió. Localizó aquel planeta llamado Tierra y su sistema. Luego, la Vía Láctea. A pesar de todo, no supo reconocer a qué parte del Cosmos pertenecía. Dirigió de nuevo el haz de luz hacia la pantalla. Apareció en ella un gigantesco plano interestelar y, luego, por sucesivas ampliaciones, fue concretándose la zona de ubicación final. Una relación numérica acompañó la búsqueda de aquel punto, de manera que la distancia se hizo verdaderamente astronómica.

—Esto es... extraordinario —suspiró Habizal—. ¡Esta máquina viene casi del otro lado del infinito!

Paseó una mirada llena de admiración por aquel hallazgo.

No sabía que pudiera existir vida inteligente tan lejos.

Le llamó la atención una plaquita de metal. Su codificador interpretó las expresiones escritas del idioma terráqueo: "26 de julio de 1985 - AMISTAD-1".

—Esto puede haber sido enviado hace miles de millones de tiempos —exclamó.

Se sentó y volvió a mirar la pantalla de la nave capturada, casi como una ventana abierta a su pasado. El sistema mostraba más información almacenada en sus circuitos.

—Así es nuestro mundo. Así somos —dijo el traductor.

Habizal abrió la boca.

En la pantalla vio algo desconocido para él. Un paisaje fascinante. Una masa líquida bañando unas hermosas costas. Luego, como si la cámara volase, unos valles poblados por curiosas formas verdes, muy altas y flexibles. En otros valles había seres de colores... No, no eran seres. El codificador trataba de descifrar toda aquella información.

—Lo largo y verde son árboles... Las cosas pequeñas y de colores se llaman flores... Esto es un mar y esto una montaña... Esto...

Surgían nombres extraños, Muralla China, Gran Cañón del Colorado, Iguaçu, Pirámides, Montserrat...

Imágenes, muchas imágenes. El codificador enloquecía, pero más lo hacía Habizal. ¿Qué clase de mundo era aquel? ¿Era posible que en el Cosmos existiese algo tan bello?

Nuevas imágenes, un conjunto de rectángulos que se levantaban hacia el cielo azul. Primero de día. Luego de noche. Por miles de ojos surgían luces. El codificador dijo:

—Ciudad terráquea: Nueva York.

La pantalla era una ventana abierta a lo extraordinario. Nuevas ciudades, cintas por las que se movían objetos sobre cuatro patas redondas y también otros verticales, ¡como él mismo!

—Calles, coches, seres humanos.

Los moradores de la Tierra.

Eran muy parecidos a él, en efecto, aunque quizás un poco más altos. Tenían algo extravagante en la cabeza, unos filamentos...

—Cabello —dijo el codificador.

Los estudió más detenidamente, tan absorto como perplejo. Sus extremidades concluían en cinco dedos. ¡Cinco, incomodísimo! Pero no sólo se interesó por los humanos. En la Tierra, al parecer, había más especies animales que el codificador bautizó con otros nombres: perros, ballenas, tigres, águilas.

El tiempo dejó de tener validez para Habizal. El sistema le tradujo todo cuanto había en la nave y aprendió los varios idiomas de aquel planeta y muchas de sus costumbres, sus formas de vida, su historia. Tan distintos entre sí, tan parecidos, tan variados, pero todos viviendo en aquella pequeña casa común. Lo de las lenguas era tan increíble... ¿Para qué querían tantas? Cuanto más observaba aquellos registros, más fascinado se sentía.

Finalmente surgieron unos sonidos muy armoniosos. Música. La habían creado artistas de nombres distintos, Wagner, Mahler, Mozart, Beethoven, Stravinsky, The Beatles...

Cuando todo terminó, Habizal volvió a verlo y a escucharlo una segunda vez, y más tarde una tercera, para estudiar más a fondo los detalles. Y luego se olvidó de comer. Y de su trabajo. Y del tiempo.

Una tras otra, vio siete veces aquellas imágenes.

Al concluir la última se dio cuenta de que... estaba llorando.

Habizal pensó en su mundo sintético, tan oscuro, tan estéril, y en los otros mundos que ya conocía a través de su vida en las estrellas. Creía que algunos eran, incluso, bellos.

Pero ahora que había visto la Tierra...

Las lágrimas resbalaron por sus tres diminutos ojos y fueron a caer sobre su única pierna. Miró el número de muchas cifras que indicaba el codificador. Una distancia imposible de cubrir aunque viviese mil tiempos más como el suyo. Así que la Tierra no era más que un sueño, y aquella nave, el mensaje de una cultura que jamás conocería, aunque ahora, por lo menos, ya sabía de su existencia.

Habizal miró la nave sintiendo una fuerte aprensión.

Valía mucho como chatarra.

Pero valía más como...

—No seas tonto —se dijo—. Las prensadoras de metal me darán un buen precio por ella, y los archivos puedo venderlos a coleccionistas...

No siguió hablando y cerró los ojos.

¿Cómo podía destruir aquello?

¿Cómo inutilizar una ilusión, una esperanza, un camino?

Tal vez en su largo viaje la AMISTAD-1 encontrase un día a una cultura galáctica capaz de cubrir aquella distancia en un abrir y cerrar de ojos.

¡Se necesitaban emociones para comprender su significado!

Y había tan pocas emociones en Artal-7.

Habizal acarició con los diez dedos de sus extremidades la placa que indicaba el nombre de la nave y aquella fecha.

—Vienes de tan lejos... y te queda tanto por recorrer.

Entonces comprendió la verdad.

Sonrió.

Era un simple chatarrero del espacio.

Pero tenía algo que compartía con los seres de la Tierra: las emociones.

Emociones y sentimientos.

Acto seguido, Habizal respiró profundamente y, guiado por un impulso irrefrenable, se levantó y recogió su codificador manual. Salió de la nave y la cerró, sellándola de nuevo. En un instante volvía a estar en la cabina de mando de su transporte recolector de basura espacial. Desde allí miró por última vez a la AMISTAD-1.

Entonces accionó el pulsador que abría la inmensa boca de su bodega de carga, desactivó los rayos sujetadores y realizó una maniobra de separación y alejamiento una vez su presa quedó libre. El satélite flotó de nuevo por el Cosmos, con los motores activados para continuar con su largo viaje a través de las galaxias, manteniendo la misma velocidad y rumbo.

Sólo había hecho un pequeño alto en su camino.

La primitiva AMISTAD-1 continuó con su eterno viaje hacia el infinito, con su mensaje de paz y amor.

Habizal la vio alejarse con una densa opresión en el pecho, y también con rabia, miedo, pesar, ternura...

—Adiós, amigos —susurró.

Después de todo, tenía suerte. Había podido conocerlos. El negocio, la posibilidad de haberse hecho rico, eran cosas menores, nada importantes en comparación con lo que hubiese destruido.

No era más que un chatarrero, muy poquita cosa, y algún día desaparecería sin dejar rastro, mientras que aquel mundo, la Tierra, la perla del Cosmos, estaría esperando a quienes su nave se encontrase y fuesen capaces de establecer contacto con ella. Algo que los habitantes de Artal-7 estaban lejos de tener a su alcance.

—Suerte —despidió al satélite.

Y lentamente manipuló los sistemas de su gran carguero para seguir buscando desperdicios, mientras la AMISTAD-1 desaparecía por el infinito poblado de luces frías.

Haciendo el mono

El astronauta explorador de la cápsula espacial XPR-9 apenas si podía dar crédito a lo que sus sensores le indicaban. Manipuló los dígitos con el propósito de centrar en la pantalla del visor la causa de aquella insólita presencia y...

El ordenador le "cantó" la realidad mucho antes de que la pantalla visualizara el origen de la alarma:

—Objetos voladores no identificados en aproximación directa. Número determinado, veinte unidades. Sensores captan señales de vida inteligente en su interior.

Sí, ahí estaban. Ciertamente parecían "objetos no identificados", pero a él no le cabía la menor duda de que se trataba de naves, unas naves muy curiosas, alargadas, con la parte de los motores en forma de disco plano.

El astronauta explorador no sabía qué hacer.

No era más que eso, un pionero de las estrellas, un estudioso, una avanzadilla. Su destino era Marte y, justo cuando se hallaba a tan corta distancia del planeta rojo... ¿De dónde procedían aquellas naves? ¡Y nada menos que veinte! ¿Quiénes las guiarían? ¿Serían amigos o enemigos? Evidentemente procedían de más allá del Sistema Solar.

¡Extraterrestres!

Así pues, ¡existían!

—Fantástico —suspiró, pese a no tenerlas todas consigo.

Iban por él, en rumbo de intercepción. Podía convertirse en un héroe muerto o en un cobarde vivo. Y prefería lo último. Nada de ser un héroe. ¡Tampoco se iba a enterar nadie! Allí estaba solo. Solo con veinte naves extraterrestres que se le aproximaban por todas partes.

—N-n-no pi-pi-pierdas la ca-ca-calma —se dijo.

Tuvo una idea. Paró los circuitos de recepción, pero mantuvo abiertos los emisores, por si en la Tierra podían captar lo que le fuese a suceder y así, al menos, estarían sobre aviso. Luego esperó a que las naves le alcanzasen y cinceló en su rostro una sonrisa de lo más amigable, por si las moscas.

En unos minutos, las naves lo rodearon por todas partes.

Y una de ellas se situó a su lado para establecer una conexión entre ambas. Un ensamblaje perfecto producto de una hábil maniobra concluyó toda la operación. Para entonces, los sistemas de la cápsula espacial XPR-9 ya se habían vuelto locos.

El astronauta explorador se asustó mucho.

Y más cuando empezó a oírse por todas partes algo así como un...

—*Chugui, chugui, chugui.*

La puerta de su cápsula se abrió de golpe y, en tropel, penetraron en ella una docena de diminutos seres verdes, con antenas y cola. Tenían dos ojos, una boca enorme y sin dientes, un agujerito que les servía de nariz y otro en la frente que, a falta de nada mejor, debía de ser el oído. Carecían de pelo y su piel brillaba.

Iban armados con extrañas lanzas huecas que tal vez fuesen fusiles láser o cualquier otro tipo de arma terrible. Daban la impresión de estar muy avanzados, pero lo peor es que parecían muy fieros.

Fierísimos.

—¡*Chugui, chugui, chugui!* —gritaron—. *¡Changui, chongui, chago!*

—¡Ay, madre mía! —gimió el astronauta explorador, asustadísimo.

El jefe del grupo se le acercó. Le llegaba más o menos por la rodilla, pero eso era lo de menos. Su aspecto no por bajito era menos temible. Además, alargó el cuello como si fuera el de una jirafa y la cabeza se le puso a su altura. Luego lo que alargó fue un brazo con el que sostenía una especie de embudo que le enchufó en la cabeza a él.

—¿*Changui?* —preguntó.

—¡Ay, madre mía! —repitió el astronauta—. ¿Qué queréis de mí? Yo no he hecho nada. Soy amigo. ¡Eso es: a-mi-go!

El embudo de la cabeza vibró y le produjo un raro cosquilleo. Al mismo tiempo, las antenas del personaje también lo hicieron. Una luz azulada surgió entre ellas y el embudo. Apenas si duró unos segundos. Todos los verdes compañeros del jefe

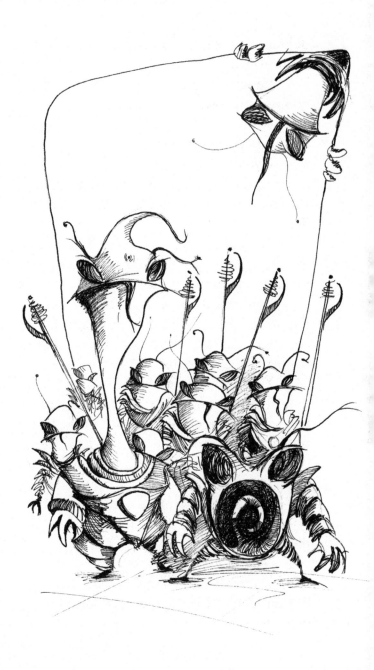

debieron de sentir lo mismo porque este los miró y...

—Lengua primaria. Muy fácil —dijo como si tal cosa.

—¿Cómo, me entendéis? —se asombró el aturdido explorador.

—¡Quieto!

No querían que se moviera, estaba claro. Las lanzas le apuntaban por todos lados.

—No tenéis que... temer... nada —se aventuró muy quieto—. Ya os he dicho que soy... amigo. Vosotros...

—Somos los choguis —respondió el jefe antes de cambiar de tono y gritar—: ¡Silencio, aquí las preguntas las hacemos nosotros! ¿Quién eres tú?

—Yo no soy nadie.

—Todo el mundo es alguien —manifestó el hombrecillo—, aquí y en la lejana galaxia de Xangrón. ¿Procedes de ese planeta verde que hemos detectado por aquí?

—¿Un pla-pla-planeta verde?

—Sí, el tercero más próximo al astro llameante.

—¡Ah, la Tierra!

—¿Tierra? ¿Lo llamáis así? Bueno, eso da igual. Nosotros le cambiaremos el nombre.

—¿Cómo que le cam...?

—¡Calla!

Se echaron a reír todos, o al menos eso le pareció al explorador, porque hicieron unos ruidos rarísimos y se movieron estirándose y encogiéndose como si fueran de chicle, a gran velocidad.

—¡*Chongui, chungui, changui!* —repitieron entusiasmados.

Al astronauta se le doblaron las rodillas. Estaban locos. ¡Loquísimos! ¡Lo que faltaba!

¡Para algo interesante que pasaba en el espacio...!

—¡Somos los choguis! —repitió orgulloso el hombrecillo verde—. Somos conquistadores, los más conquistadores de todos. No hay tiempo galáctico sin que conquistemos algo, ¿verdad?

—¡*Chongui, chungui, changui!* —cantaron los demás blandiendo sus armas.

—¿Lo ves? Pasábamos por aquí cerca cuando detectamos vida en este sistema y nos dijimos: ¡por ellos! Los choguis nos pasamos la vida invadiendo y conquistando.

La cabeza del astronauta explorador trabajaba a toda prisa. Parecían un poco locos, pero... locos o no, hablaban de conquistar, así que, ¿hasta qué punto eran peligrosos? Desde luego lo parecían mucho. ¿Y si con sólo veinte naves conquistaban la Tierra? Le entró un sudor frío. ¡La Tierra, una colonia chogui, con extraterrestres verdes por todas partes! Y aunque no los conquistaran, ¡menudo susto!

La cosa era grave.

Mucho.

El líder de los invasores comenzó a tocarle con la mano, probando su resistencia, sus músculos. El embudo le hizo más cosquillas en el cerebro. Era como si alguien escarbase por allí dentro.

—No parecéis nada especiales los terrícolas —aseguró.

Fue entonces cuando el explorador galáctico comprendió que el destino de la humanidad estaba en sus manos.

Ni más ni menos.

Y tuvo aquella idea.

Aquel atisbo de plan tan asombroso que se le antojó extravagante.

Eran fieros pero daban la impresión de ser tan tontos...

—Oh —dijo—, es que yo no soy de la clase dominante.

El chogui se quedó muy quieto.

—¿Ah, no? —lo interpeló.

—¡Uy, no! —empleó su tono más seguro—. Yo soy un mono.

—¿Un mono?

—Sí. Los que mandan en la Tierra se llaman humanos, y esos... menudos son. Decir que es de lo más feroz de la galaxia es poco. Para empezar miden diez veces más que yo.

El extraterrestre pareció medirse a sí mismo. Por mucho que se le estirase el cuello y las extremidades, el cálculo que realizó debió de resultarle desfavorable.

—Bueno, serán más altos, pero no tan conquistadores como nosotros. ¡En eso no nos gana nadie!

Los demás le jalearon.

—¿Que no? —permaneció impasible y sereno el astronauta. Incluso se rio y dio la impresión de enorme tranquilidad—. ¿Quieres saber algo? Los humanos son tan feroces y conquistadores que se pasan el día guerreando entre ellos, sólo por matar el tiempo. ¿Para qué irse a las estrellas pudiendo pelear en casa?

Le salió bastante bien.

—¿Matan el tiempo? —se alarmó el chogui.

Las lanzas fueron bajando. Los hombrecillos verdes se miraban con un poco de susto.

—Lo matan todo. Son unas bestias —dijo el explorador galáctico.

—¿Y por qué te envían a ti al espacio con una nave?

—Porque utilizan a los animales para hacer pruebas y experimentar. Así no se arriesgan ellos. Son muy listos, como te digo. Igual lanzan a un mono como yo como a una rata.

—¿Así que ese es su propósito? —frunció el ceño el extraterrestre—. Pues sí que son astutos, sí.

—Lo que yo te diga. Se conquistan sin parar, y ¡hala, vuelta a empezar! El día menos pensado seguro que salen al espacio a buscar nuevos mundos, como vosotros. ¡Y va a haber pelea, seguro!

—¿Con los choguis?

—Con los choguis o con quien sea. Mirad —se acercó en plan confidencial—. Yo de vosotros me iría a casa, por si las moscas. Y me pasaría un buen pedazo de tiempo galáctico sin venir por aquí.

El hombrecillo verde daba la impresión de estar muy desanimado.

—Vaya, pues menos mal que te hemos encontrado a ti —dijo—. Si los terrícolas hubieran sido como tú..., coser y cantar. ¡Un paseo! Porque mira que estás flojo y mal hecho. Por muchos que fuesen, con mis veinte naves nos bastamos. Pero nuestros rayos inmovilizadores no funcionan

con seres de tamaño muy grande. Además
—miró a los suyos—, sí que deben ser te-
rribles cuando pelean entre sí. Nosotros
eso no lo hacemos, ¿verdad?

Los choguis dijeron que no con la cabeza.

Ahora eran una panda de buenos chi-
cos.

Nosotros también queremos a nuestros
animales. No los sacrificamos enviándolos
a realizar experimentos.

—Qué bien.

—¿Quieres venirte a nuestro mundo?

—¡No, no! —se apresuró a decir el
explorador—. Si me echan en falta, igual
salen por mí.

El extraterrestre miró de nuevo a los
suyos.

—*Changu, chango, changui, chonga*
—les habló en su lengua.

—*Chengue* —le respondieron.

Se volvió de nuevo hacia el astronauta.

—Está decidido —le informó—. Nos
iremos a conquistar alguna otra cosa.
Tampoco es necesario que sea esto o
aquello. Y tendremos muy en cuenta tu
consejo, mono. Eso sí —su cara volvió a
ponerse feroz—: Espero por tu bien que
no nos hayas engañado.

—¿Yo? ¡Un mono nunca miente! Ven, te demostraré que te digo la verdad.

Le acercó a una pantalla, pero no a la del visor, sino a la del emisor de películas para su esparcimiento en horas de *relax*. Escogió una de ciencia ficción muy salvaje y pulsó el dígito correspondiente. Se la sabía de memoria. Al instante apareció en la pantalla una enorme casa.

—Esto está sucediendo en la Tierra ahora mismo —mintió—. Lo capto con mi telescopio de largo alcance.

Un tanque avanzaba sobre la casa y la destruía a cañonazos primero y pasándole por encima después. Los choguis estaban mudos. Cuando de la casa ya no quedaba nada, una nave enorme e imposible pulverizaba al tanque. Entonces un montón de aviones atacaban a la nave y la hacían estallar en mil pedazos.

Los choguis ya no estaban verdes, sino más bien rosas.

—Esto... será mejor que nos vayamos —dijo su jefe—. Si perdemos tanto tiempo hablando contigo, al final no conquistaremos nada.

Fue como una desbandada.

Se apelotonaron en la puerta hasta que desaparecieron uno a uno. El último fue el jefe, ya completamente rosa y empezando a ponerse violeta. Lo que acababa de ver le había dejado conmocionado. Cerró la escotilla y lo último que el explorador galáctico escuchó de ellos fue su caótico sistema oral:

—¡*Chugui, chugui, chugui!*

—¡*Chugui-chugui* os iba a dar yo! —exclamó él dejándose caer en su módulo de mando, temblando como una hoja.

Las naves extraterrestres se marchaban ya a toda velocidad en dirección contraria.

En menos de un minuto fueron un punto brillante en la distancia, confundido en el tapiz estrellado del universo. Después... nada. Oscuridad.

El astronauta no dejó de temblar.

Acababa de salvar a la Tierra, a toda la humanidad. Y en cuanto abriese el canal de comunicaciones, puesto que debían de estarle escuchando, seguro que le proclamarían un héroe.

No lo abrió.

Prefirió esperar unos minutos, recuperarse, aprovechar aquella hermosa calma, el silencio.

A veces era mucho mejor ser un mono. Un mono pacífico que flotaba en el espacio en su nave, lejos de las locuras de unos y otros, de los choguis o de... los humanos.

El juego de los planetas

—¡Un, dos, tres, Júpiter!

El enorme planeta, el más grande del Sistema Solar, no dijo nada y siguió oculto. O, por lo menos, lo intentó. Su disimulo no le sirvió de mucho. La Tierra insistió gritando enfadada:

—¡Un, dos, tres, Júpiter, y no te hagas el tonto! ¡Estás ahí, escondido detrás del cinturón de asteroides!

El pobre Júpiter siempre perdía. Era el primero en ser descubierto. Su enorme volumen le hacía vulnerable, difícil de ocultar. Ahora, por ejemplo, el cinturón de asteroides, situado entre Marte y él, no le había servido de nada.

—¡Está bien, vale! —protestó sin dejar su órbita, disgustado como tantas veces. Y luego refunfuñó para sí mismo—: ¡Vaya juego este!

Los trece satélites de Júpiter siguieron a su padre silenciosos y obedientes. No les dejaban jugar, ni a ellos ni a ninguno de los demás, porque eran bastante imprudentes. Una vez, Tritón, uno de los satélites de Neptuno, se fue más allá del Sistema Solar y su padre tuvo que cambiar de órbita para ir en su búsqueda. Por poco provocó un caos espacial.

¡Los planetas y satélites cambiando de sitio!

La Tierra escrutaba el espacio. Miró hacia el Sol, que no podía jugar al escondite porque estaba quieto siempre y era, además, tan brillante y enorme, que no tenía gracia descubrirlo. Casi como Júpiter o Saturno. El pobre Sol se contentaba con irradiar su constante calor y con ser el árbitro del juego cuando los planetas discutían, ¡porque mira que discutían!

Al Sol le iba muy bien estar situado en el centro del Sistema.

Por detrás del Sol, precisamente, se movió algo.

—¡Un, dos, tres, Mercurio!

¡Ah, el infeliz Mercurio! Al ser el planeta más cercano al Sol, su único escondite era siempre el astro rey. Salió de detrás de él, lleno de calor, disgustado por haber sido descubierto tan pronto siendo el planeta más diminuto del Sistema Solar.

La Tierra intentó localizar a Plutón, el más difícil. Como estaba en el límite del Sistema y era el segundo más pequeño... a veces solía ganar porque lograba escabullirse. Ni siquiera tenía satélites que pudieran delatarlo.

Plutón no estaba a la vista.

¡Pero sí el gran Saturno!

—¡Un, dos, tres, Saturno!

—¿Cómo sabías que era yo? —lamentó surgiendo de detrás de una nube de polvo cósmico.

—Por el anillo, ¡qué pregunta! —se rio la Tierra.

—¡Urano también tiene un anillo!

—Pero no es tan grande como tú, ni tiene tantos satélites.

Saturno y sus satélites volvieron a ser visibles en su órbita. El anillo que lo rodeaba, y del cual se sentía tan orgulloso, no le servía de mucho para jugar al escondite; sin olvidar que, después de Júpiter, era el planeta más grande.

—Envidia cochina —suspiró Saturno—. Estáis disgustados porque soy el planeta más bello.

Era un engreído. La Tierra no contestó. Júpiter y Saturno eran inmensas bolas de gases suspendidas en el espacio que giraban lenta y perezosamente alrededor del Sol. Sólo eso. En cambio La Tierra sí estaba segura de ser el planeta más bello. Tenía agua, atmósfera, una temperatura agradable y estaba habitado. ¿Qué otro planeta podía decir tales cosas?

Como si Saturno le leyera el pensamiento a la Tierra, le dijo:

—Eres insoportable. Si esos parásitos que tienes como habitantes estuvieran a gusto en ti y contigo, no construirían esas frágiles embarcaciones con las que tratan de llegar hasta nosotros para conocernos.

La Tierra se picó.

—¡Tienen curiosidad y nada más, porque saben muy bien que no podrán vivir en ningún otro planeta!

—¡Te recuerdo que hace millones de años...! —gritó Saturno.

El Sol medió entre ambos.

—¡Silencio, que estáis alterando el Sistema con vuestros alaridos! ¿Queréis estar por el juego? Tú, Saturno, confórmate si has perdido, y tú, Tierra, dedícate a buscar a los otros de una vez o vas a perder si se te acaba el tiempo. ¡Qué vergüenza, parecéis simples asteroides!

Ceres, el mayor del anillo de asteroides entre Marte y Júpiter, que nunca podía jugar con los planetas, se sintió ofendido.

—Conmigo no os metáis, haced el favor.

Y, muy digno, continuó flotando en el espacio, pasando de ellos.

La Tierra reanudó el juego. Le quedaban todavía cinco planetas y el Sol llevaba razón: el tiempo se le agotaba. Tenía que darse prisa en localizarlos o perdería.

¡Ah, jugar al escondite era bastante divertido, aunque...!

A la Tierra le habría gustado jugar al ajedrez en el tablero del universo, utilizando como piezas las estrellas y los planetas, las constelaciones y las galaxias. A Venus le encantaban los concursos de belleza espacial. A Marte, jugar a las batallas dividiendo el Cosmos en cuadrantes (¡A-3, tocado! ¡C-9, vacío!). A Plutón le divertía el "veo, veo". Y así cada uno tenía su favorito.

Pero no podían. Su único juego era y sería siempre el del escondite. Vagando alrededor del Sol, tan lejos de todo, con sus eternas órbitas, no tenían mayores posibilidades.

—¡Un, dos tres, Venus! ¡Un, dos, tres, Marte!

¡Mmmmm, los muy astutos! Se habían situado en perpendicular, detrás de los dos satélites de Marte, Deimos y Fobos. La Tierra, sin embargo, se sabía todos los trucos.

Llevaban jugando a lo mismo desde hacía...

—¡Caramba! —lamentó Marte—. ¡Hace siglos que no gano un juego!

—¡Pues anda que yo! —suspiró Venus.

Lo cierto era que Júpiter y Saturno eran los que no ganaban nunca. Así que preferían ser ellos los que parasen.

—¡Un, dos, tres, Urano!

El pequeño anillo de Urano le había delatado al fin. Se había ocultado detrás de Saturno y su gran anillo, pero sin éxito. La Tierra era muy lista.

—Te queda tu última porción de tiempo —avisó el Sol.

La Tierra agudizó su percepción escrutando la negrura del espacio salpicado de estrellas. Las había por miles, por millones, y cualquiera de ellas podía ser ahora el reflejo disimulado de Neptuno o Plutón.

Sólo que Neptuno, con sus dos satélites, tampoco lo tenía demasiado fácil para esconderse.

—¡Un, dos, tres, Neptuno!

—¿Cómo sabías que era yo? Esta vez creía que... —protestó el octavo planeta.

—Te has puesto a Tritón y a Nereo, tus satélites, detrás, para que pensase que eras una nube galáctica o un cometa o lo que fuera. Pero ese color que tienes tan azulado es único.

A veces entraba uno en el Sistema: un cometa, casi siempre con sus largas colas, y eran días de diversión e intercambio de chismes, porque los cometas traían noticias de otros confines muy lejanos y de sus mundos. Una gozada.

Ahora hacía mucho que no pasaba ninguno.

Apenas quedaba tiempo y aún faltaba Plutón. ¡Ah, el curioso Plutón! Tenía la suerte de estar lejos, lejísimos. ¿Dónde debía de haberse escondido? ¿Cuál de aquellos puntos brillantes sería? ¡Un movimiento...! No, no era Plutón, sino una constelación exterior. ¡Otro! No, tampoco.

Los planetas contenían la respiración. Iba a ganar Plutón.

—Diez, nueve, ocho, siete... —comenzó a contar el Sol.

La Tierra hizo un último esfuerzo.

—Seis, cinco, cuatro...

Y por si fuera poco, además de estar tan lejos, era tan pequeñito el muy...

—Tres, dos...

—¡Un, dos, tres, Plutón!

¡Vaya, la Tierra lo había localizado! Plutón se movió recortando su silueta en el infinito y lanzando un destello furioso por haber sido descubierto cuando ya tenía la victoria tan cerca.

—¡Qué mala suerte! —lamentó.

La Tierra se pavoneó orgullosa, mientras la Luna, contenta, danzaba a su alrededor.

—De suerte nada, inteligencia.

—Mira que eres vanidosa —censuró el Sol.

Se pusieron todos a discutir. Primero los dos gigantes, Júpiter y Saturno, contra el resto. Después los planetas interiores contra los exteriores, es decir, Mercurio, Venus, la Tierra y Marte contra Júpiter, Saturno, Urano, Neptuno y Plutón. Y finalmente los más pequeños contra los más grandes, y los que no tenían satélites contra los que sí, y luego los que tenían pocos contra los de familia numerosa...

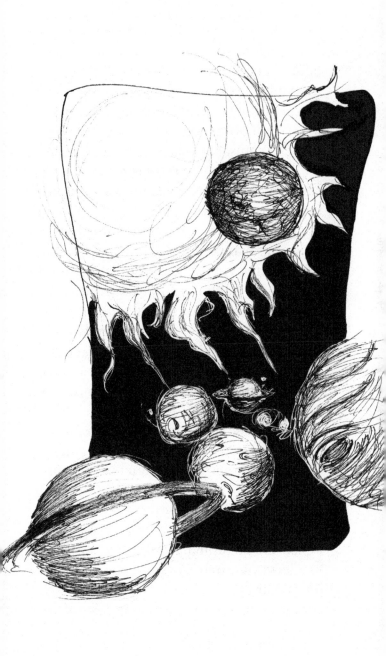

El Sol puso paz descargando una tormenta sobre su superficie. Los nueve planetas y el cinturón de asteroides le tenían un pánico atroz a las tempestades solares, porque cambiaban la estabilidad del Sistema. Ninguno quedaba a salvo. Las erupciones expulsaban gases y daban origen a las llamadas "manchas solares". Se desencadenaban tormentas magnéticas y millones de partículas viajaban por el espacio de forma incontrolada, bormbardeándolo todo, cambiando la situación climática de los planetas y, en el caso de la Tierra, la vida de sus habitantes porque eran capaces de alterar sus comunicaciones.

Los planetas callaron, expectantes.

El Sol se enfadaba a menudo, aunque fuese por poco tiempo. A fin de cuentas, los planetas del Sistema Solar eran muy jóvenes, apenas unos millones de años. Algunos ni siquiera estaban formados del todo. Tenían ganas de jugar y nada más.

El universo no ofrecía muchas diversiones.

—Así está mejor —dijo el Sol.

Plutón miró hacia el espacio exterior. Pensó en la última nave procedente de la Tierra que había pasado por allí, para investigar el espacio más lejano. Y en los cometas que se movían a gran velocidad.

Aquello era tan inmenso.

De todas formas, tenían tiempo. Muchísimo.

—¿Hacemos algo? —dijo Júpiter, que siempre era el más animado.

—¿Qué? —inquirió Urano.

—No sé. Jugar.

Se animaron de nuevo.

—¿A qué? —preguntó Venus.

Era una pregunta tonta. Tontísima. No podían jugar a muchas cosas, y la que más les gustaba era... el escondite.

—¡Oh, vamos! —se enfadó Marte—. ¿A qué viene tanto disimulo? ¿A quién le toca parar y buscar?

—A ti.

—No, a ti.

—A ese.

—No, a aquel.

—A mí me tocó hace...

—Pues mira que a mí.

—No es verdad.

El Sol lanzó una enorme carcajada, tan roja como su cuerpo.

Los planetas callaron de golpe, pero luego, uno a uno, también se echaron a reír.

El universo entero se estremeció ante aquella explosión de alegría.

—Te toca, Mercurio —les recordó el astro rey.

Y mientras Mercurio cerraba los ojos, todos los demás se apresuraron a buscar el mejor escondite posible, tan animados como felices.

Llegaron de las estrellas

¡Uy, la conmoción que se produjo!

Primero, el astrónomo que oteaba el firmamento con su poderoso telescopio no pudo dar crédito a lo que veía.

—No nos precipitemos, no nos precipitemos —dijo—. Esto sería...

Pero sí, sí; no quedaba la menor duda: aquel puntito luminoso del espacio se movía. Más aun: se acercaba.

Directo hacia ellos.

En línea recta.

—¡Visitantes! —dijo asombrado el científico—. ¡Existen y están ahí!

El astrónomo alertó a las autoridades. Las autoridades, al Gobierno. El Gobierno, a la nación. La nación, al mundo entero. Al día siguiente la noticia ya era del dominio público, aunque cada medio de comunicación la destacaba según su criterio y con mayor o menor seriedad y alarmismo.

Unos decían:

LOS PRIMEROS VISITANTES DE LAS ESTRELLAS SE ACERCAN.

Otros alertaban:

INVASIÓN ESPACIAL INMINENTE.

Y los más señalaban:

NO ESTAMOS SOLOS: HAY VIDA INTERPLANETARIA.

Se pedía calma, pero unos temían lo peor, mientras que otros daban rienda suelta a su optimismo. Eso sí, a nadie le resultaba indiferente el hecho. Los únicos ajenos a todo el clamor eran los científicos. Ellos ya estaban trabajando, unidos, para delimitar cuanto concerniese a tan extraordinaria visita, al gran encuentro de civilizaciones cósmicas que iba a producirse. Aquel iba a ser el acontecimiento más fantástico de la historia. Los observatorios hacían cálculos, mediciones, trataban de fijar la duración del vuelo y, a tenor de la ruta y la velocidad, determinar también en qué lugar iba a posarse la nave galáctica.

También se intentó contactar con sus ocupantes.

Comunicarse con ellos.

¿Cómo serían? ¿Qué curiosa forma utilizarían para el contacto? ¿Quién la pilotaría? ¿Qué fabulosos seres viajarían en ella? ¿Cómo sería su mundo? ¿Su tecnología, sin duda muy avanzada para haberles permitido llegar hasta allí, habría sido encaminada hacia la paz?

¿Serían amigos con los que establecer un puente con las estrellas o enemigos a los que combatir... para sobrevivir?

Todo eran preguntas.

Todos miraban al cielo.

La nave intergaláctica, solitaria, hermosa, cortaba el espacio lo mismo que un dardo puntiagudo en ruta hacia el blanco.

Cuanto más se acercaba el momento, las especulaciones crecieron. Muchos contaron el tiempo a la espera del día clave con el corazón abierto y la esperanza puesta en la ilusión del encuentro. Otros se encerraron en sus casas, temerosos, pendientes de lo que decían los informativos, que ya no hablaban más que del tema. El mundo entero olvidó sus problemas, sus rencillas, sus preocupaciones, a la espera del gran día.

Pero por más que los científicos intentaron comunicarse con la nave y sus tripulantes...

Nada.

Silencio.

Del espacio sólo llegaba el eco de aquella proximidad.

—Atención, atención, visitantes del espacio, ¿pueden escucharnos? ¿Nos reciben? ¿Nos entienden?

Se enviaban los mensajes en todas las lenguas, en todos los sistemas, en todas las frecuencias. Pero el resultado era el mismo. ¿Qué clase de lengua y de mecanismo de comunicación sería el suyo? ¿Y si no hablaban? ¿Y si, por ejemplo, su radio estaba estropeada?

Faltaban todavía muchos días para que la nave llegase, y cuando los científicos determinaron el lugar exacto en el que se posaría, se iniciaron los trabajos de puesta a punto, llevando hasta allí un sinfín de aparatos y máquinas muy sofisticadas. Por supuesto que los pilotos de la nave podían cambiar de rumbo una vez entrados en la órbita más cercana o en la atmósfera, y descender en otra parte. Pero los científicos basaron todos su cálculos en mediciones matemáticas que no dejaban lugar a dudas. Confiaban en algo más: los de la nave comprenderían, entenderían sus esfuerzos, y si llegaban en son de paz, ellos también descenderían en el mismo punto.

Comenzó, de esta forma, una latente espera. Nadie dejó de pensar en lo que iba a suceder. Los únicos que permanecieron día a día al margen de la locura que se desataba más y más, en lo bueno y en lo malo, siguieron siendo los científicos. Para ellos, establecer aquel contacto significaba mucho, la coronación de un sueño. Habría un antes y un después. Pero los políticos, los gobiernos, los líderes que ostentaban el poder o se hallaban en las oposiciones respectivas, no hacían otra cosa más que hablar y hablar, hacer conjeturas, aparecer ante la opinión pública buscando un protagonismo que perdían rápidamente en favor de los ilustres visitantes. Todo el mundo vivía pendiente de la nave y de lo que faltaba para el primer contacto.

Treinta días.

Veinte.

Diez.

Una semana.

La nave ya podía verse perfectamente a través de los telescopios más caseros. Su fotografía había aparecido días atrás en todos los periódicos. Era muy hermosa, alargada, cilíndrica, plateada y llevaba unos signos extraños en su fuselaje. Disponía de dos alas triangulares para volar y en su morro se veían unas ventanillas oscuras, mientras que por la parte posterior tres poderosos motores la impulsaban a gran velocidad. Un prodigio.

El contacto sin embargo seguía siendo imposible.

—Visitantes del espacio, ¿nos escuchan? Por favor, respondan.

Lenguas, frecuencias, ruidos, música, ritmos, series lógicas de combinaciones matemáticas, binarias...

Siempre el mismo silencio.

Tres días.

Dos.

Uno.

Aquella mañana, el mundo entero permaneció en su casa. Nadie fue a trabajar. Las televisiones formaron una única red entrelazada para seguir la última parte del viaje: la llegada. El contacto era visual, bastaba con mirar al cielo allá dónde era posible hacerlo. El resto, tenía la nariz pegada al televisor, la oreja aplastada en la radio y el corazón en un puño.

La nave atravesó la atmosfera.

Después... cambió su rumbo.

Millones de seres contuvieron la respiración. Todo el planeta parecía un solo aliento palpitando al unísono.

A unos mil metros de altura, la nave inició un viaje diferente. No vertical, sino horizontal. Lejos de posarse en el suelo, mantuvo un singular pero claro trayecto que le llevó a dar la vuelta al mundo.

Examinaban aquel mundo.

Su mundo.

Las gentes se asomaban a sus casas al verla pasar. Agitaban sus manos en muestra de amistad. Hasta los más temerosos o agoreros se dieron cuenta de que era demasiado hermosa para llevar el mal en su interior. Incluso ellos cambiaron y se dejaron arrastrar por aquella magia. Más y más seres saludaron a los visitantes de las estrellas. Si unos examinaban desde arriba, ellos examinaban también desde abajo.

La nave volaba majestuosa, liviana, sin hacer ruido, lo mismo que un gran pájaro lleno de libertad.

Ávido de sueños y rebosante de esperanzas.

Los visitantes de las estrellas dieron varias vueltas alrededor del planeta, por el centro, de norte a sur y de sur a norte, por aquí y por allá, en diagonal subiendo y en diagonal bajando. Dio la impresión de que no iban a descender nunca.

Hasta que...

Lo hicieron.

En el mismo lugar en el que los científicos habían previsto que lo haría, y en el que se les esperaba con gran emoción. Miembros de la comunidad internacional, medios informativos, las mentes más preclaras, música...

—Ya está.

—¡Qué emoción!

Lágrimas en los ojos. Bocas abiertas.

—¿Será el fin de nuestra especie tal y como la conocemos, el comienzo de una nueva era, la integración de dos culturas, un intercambio? ¿Qué será?

El último miedo.

Preguntas que flotaban y estremecían.

La nave bajó más y más.

Unos cientos de metros, suave, unas pocas decenas más, despacio, haciendo rugir sus motores, serena.

Hasta que se posó en el suelo, los motores callaron y el polvo flotó unos minutos para volver a posarse allá de dónde había sido desplazado.

Un gran silencio dominó aquella llanura.

Aquellos fueron los peores momentos.

La duda final.

El mundo entero pendiente de aquel lugar.

De pronto, de las alturas del cilindro de metal, surgió un hueco.

Una puerta.

Y por ella apareció una figura.

Se produjo el primer revuelo, un océano de palabras cortadas y de susurros alucinados. Mientras ellos fluían como vientos sin forma, de la nave surgieron los peldaños de una escalinata que iba de la puerta hasta la base. Peldaño a peldaño.

El ser galáctico descendió por allí.

Era... increíble: se parecía a ellos, bueno, era más alto, sí, bastante más alto, como el doble, más o menos, pero se movía igual, utilizando las dos extremidades inferiores para desplazarse al tiempo que empleaba las dos superiores para agarrarse a los peldaños a medida que bajaba. Tenía, pues, manos y pies.

Y una cabeza.

Un rostro con rasgos iguales a los suyos: dos ojos, una nariz, una boca...

El visitante de las estrellas concluyó su largo descenso. Otro exactamente igual a él apareció por la puerta de la parte superior de la nave. Y un tercero. El que ya estaba en el suelo, dio unos primeros pasos, inciertos, contemplándolo todo a través de su propio estupor.

Estaba tan sorprendido como ellos mismos.

Su cara era muy expresiva.

Alzó una mano.

—Escuchad —dijo—: procedemos de un planeta remoto llamado Tierra, que forma parte de un Sistema presidido por un único Sol, en la constelación de la Vía Láctea. Somos amigos y venimos en son de paz.

Era una lengua extraña, aunque llena de matices, calor, música. Por supuesto, no le entendieron, pero, a pesar de ello, supieron lo esencial, por el tono, la cadencia, por aquella mano alzada: sí, eran amigos, y venían en paz. Por si eso no fuera poco, bastaba con ver los ojos del visitante.

Los medidores de sensaciones mostraron un cien por cien de afectividad.

—Somos de la Tierra —repitió el visitante, despacio—. Amigos. A-mi-gos. Paz. P-a-z.

Ya no importaba. No era más que el comienzo. Seguro que lograrían entenderse. Tarde o temprano hallarían formas, vehículos, sistemas de comunicación. Con ellos, sus mundos se conocerían más y más, para siempre.

Uno de los científicos dio un primer paso para saludarle.

Los tres soles de Amenkan, uno rojo, uno azul y el otro verde, brillaron con la fuerza de la concordia en aquel día histórico.